¡A mí no!

¡A mí no!

Valeri Gorbachev

¡Me gusta leer!™

HOLIDAY HOUSE • NEW YORK

—Me gusta la playa —dijo Oso.
—¡A mí no! —dijo Ardilla.

—Me gusta el sol —dijo Oso.
—¡A mí no! —dijo Ardilla.

—¡Hace calor! —dijo Oso—.
Me gusta el agua.
—¡A mí no! —dijo Ardilla.

—Me gusta nadar —dijo Oso.
—¡A mí no! —dijo Ardilla.

—Yo no soy muy de playa
—dijo Ardilla.

—Me gusta jugar con la pelota —dijo Oso.
—¡A mí no! —dijo Ardilla.

—Me gusta ver
pececitos —dijo Oso.
—¡A mí no!
—dijo Ardilla.

—Me gustan
los botes —dijo Oso.

—¡A mí no! —dijo Ardilla.

—¿Por qué viniste? —dijo Oso.
—Vine para estar contigo
—dijo Ardilla.

—Eres una buena amiga —dijo Oso.
—Es verdad —dijo Ardilla.

A mi nieto Avigdor

¡Me gusta leer! is a trademark of Holiday House Publishing, Inc.

Copyright © 2016 by Valeri Gorbachev
Spanish translation © 2020 by Holiday House Publishing, Inc.
Spanish translation by Eida del Risco
All Rights Reserved
HOLIDAY HOUSE is registered in the U.S. Patent and Trademark Office.
Printed and bound in March 2020 at Tien Wah Press, Johor Bahru, Johor, Malaysia.
The artwork was created with watercolor and ink.
www.holidayhouse.com
First Spanish Language Edition
Originally published in English as *Not Me!*, part of the I Like to Read® series.
I Like to Read® is a registered trademark of Holiday House Publishing, Inc.
1 3 5 7 9 10 8 6 4 2

Library of Congress Cataloging-in-Publication Data

Names: Gorbachev, Valeri, author, illustrator.
Title: ¡A mí no! / Valeri Gorbachev.
Other titles: Not me! Spanish.
Description: First Spanish language edition. | [New York] : Holiday House,
[2020] | Series: ¡Me gusta leer! | Audience: Ages 4-8. | Audience:
Grades K-1. | Summary: While Bear enjoys a day at the beach, Chipmunk,
who is not a beach person, does not, suffering one mishap after another
all in the interest of spending time with his good friend Bear.
Identifiers: LCCN 2019038054 | ISBN 9780823446889 (paperback)
Subjects: CYAC: Beaches—Fiction. | Friendship—Fiction. | Bears—Fiction.
| Chipmunks—Fiction. | Spanish language materials.
Classification: LCC PZ73 .G625 2020 | DDC [E]—dc23
LC record available at https://lccn.loc.gov/2019038054

ISBN 978-0-8234-4688-9

¡Me gusta leer!

Tengo un jardín
Bob Barner

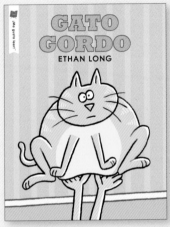
GATO GORDO
ETHAN LONG

Veo un gato
PAUL MEISEL

Gato feliz
Steve Henry

MIRA CÓMO CORRO
Paul Meisel

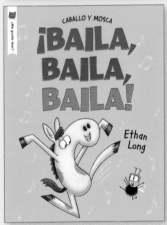
CABALLO Y MOSCA
¡BAILA, BAILA, BAILA!
Ethan Long

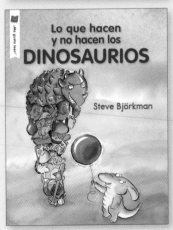
Lo que hacen y no hacen los DINOSAURIOS
Steve Björkman

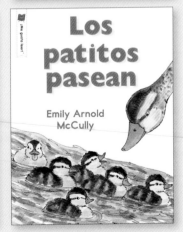
Los patitos pasean
Emily Arnold McCully

MOMO
Ethan Long